群島から

高良 勉
Takara Ben

思潮社

群島から

高良勉

思潮社

題字　吉増剛造
装幀　毛利一枝

目次

Ⅲ

Ⅳ

群島から

I

奄美断唱

1

幾たびこの群島へ
渡ったのか
奄美空港は海の上
DHCプロペラ機は
台風の渦巻きのへりを飛び
激しく揺れ　すべり
バウンドしながら
着地する　道の島　笠利

2

ヤーヤー　ヤーヤー
この島の霊は何だ
宇宿ガジマルの大木に覆われ
幾層もの風葬跡
が重なる土浜の
ヤーヤー遺跡
足下から伝わるシルヒラシ所
霊気が揺れる
ここには長く
居れない

3

山の斜面一面

野生のソテツ群落
糸芭蕉の群生地
が海岸線に迫る
エン　円集落への道
ここから若者たちは
街へ　島の外へ
飛び出した　浜田さん

4

おがむ　うぅとーとぅ
秋名川の水受けて
わずかに残った
数枚の田んぼ
短い稲穂が
黄金色に実っている

平瀬マンカイの
神事はまだか

5

イノー（礁池）に出ると
人っ子一人いない
波は梵論瀬崎の突端で崩れ
潮騒の音だけが
山肌に木霊する　有良
ソクーロフ監督の海
あの映画「ドルチェ」で
老婆と揺れていた海

6

奄美群島へ来るたび

ヒリヒリこみ上げて
来るものは何だ　大熊
私のウヤファーフジ（祖先）が
侵略し征服し収奪した島々
それでも　ハダカ世
アマン世　ナファヌ世
兄弟島よ
と呼びかけてくる道の島

7

名瀬市永田町で
少女二人を
見失った　マヤ
なぜ　一人の名は永田
大和村大金久の峠から見た

夕暮れの深い海　アマン
立神が見たい
あの今里の海に立つ

8

赤尾木の浜で
黒糖焼酎を一晩飲み狂う
M氏との激しい論争
なぜ奄美へ来た
今夜は満月だ　海は干上がっていく
月光に濡れる　白浜を素足で
浜千鳥よ歌え
チュイ　チュイ
浜千鳥（チジュヤー）よ舞え
チュイ　チュイ

喜界島望唱

一度も行ったことのない
喜界島
いつも奄美空港から
はるか海上に望んでいた
ＤＨＣプロペラ機は飛ぶ
激しく揺れながら
台風の渦巻きのへりを
北上せよ台風
波よ静まれ

きかい　喜界
かつて鬼界島と表記され
恐れられていた島よ　なぜ
何度も遠征しながら
敗北を重ねた
琉球王国侵略軍　なぜ
島の港は　形状は
どのようにして
グスク（城）へ登るのか
北と南の地政がぶつかる
いま島の歴史が
一枚一枚発掘されつつある
その地の霊へ
しかしチャーター船は出ない
うねりは私を寄せ付けず

はるかに望唱する
波の花にかすむ
喜界島よ

里之子墓

多良間島

1

初めて視た　留置所の
鉄格子の窓から射し込む
朝の光　の中を歩いて
十九歳はるか　月の島
ここまで歩いてきた

沖縄から南へ　約二九〇km宮古島
宮古からさらに南へ　六〇km多良間島

いつも八重山航路の
船の甲板からみつめていた
ゆれる水平線

あれは　いつの日からか
この島は　政治犯の流刑の島
誰かがつぶやく
歌人・平敷屋朝敏の
子孫たちが眠っている

2

里之子よ
長い髪を結った若者よ
うわさの声がする
捜す　さがし歩く

さとぅぬし　里之子墓

和文学者・朝敏たちが
琉球王府に反逆し
「国家之御難成る儀相工み」[*1]
安謝港に於いて死刑されたのが
三十四歳　一七三四年
福木　ヤラブ　肉厚の
防風林の中を
捜す　さがし歩く

しかし見つからない
長男　知花里之子　朝良
水納島へ流刑　十五歳
百合若伝説の　あの島へ

空で砕け散る　海鳴り
その弟　朝助　十一歳
隣の多良間島へ流刑　幼逝
そして里之子たちは
南海の孤島の土と化した
あぬ　里之子墓

3

冷たい潮風と
小雨の中　一時間近く
あきらめつつ捜す　多良間島
一九三五年（昭和十）
朝敏夫妻　他五人
の遺骨も移され

無蔵手水のまぬ
戻て行かよりや
とても此の川に
わ身や捨てら*2

はーりー　組踊「手水の縁」よ
「琉球の業平」と讃えられた朝敏
妻は　百姓へ貶せられ
宮城島へ　流刑
声にならない
ションガネー

細長い山道の側草に
突然　真赤な鮮血の跡

野放しの山羊の群れ
生まれたばかりの白い子ヤギ
を連れた一群に
導かれて行く

4

あった　里之子墓
入り口の路上に　血の流れる
胎盤が落ちている
ビーチロック　石灰岩を
くりぬいた　島の古い墓

紅アザミかき分け
石段を下りて
墓前にぬかずく

煙草を取り出し
捧げる　線香の代わり

いかな天竺の
鬼立の御門も
恋の道やれば
開きどしゆゆる[*3]

遠くて　近い祖先
琉球の里之子たち
光の中を歩いて
はるかここまで流れてきた
東京　月の島から

5

赤土で塗り固められた
墓室からこだまする　言霊
叛逆する詩魂よ　ラ・リュウキュウ
時代に抗う魂よ　ラ・ユウキュウ

墓室の上を
飛び跳ねる白い子山羊
どこかで山鳩が鳴いている
　ウククッホー　ウククッホー
木麻黄の細い葉先が
ザーッと　鳴った

＊1　朝敏の父親・襧覇親雲上朝文の「家譜」より（出典・池宮正治『近世沖縄の肖像・上』ひるぎ社）。
＊2、3　朝敏作と言われる組踊「手水の縁」より。

神々の島

その島は
私の生まれた小さな村の
白浜から
左斜め前方の
空が降りて来るような
水平線上に
浮かんでいる
太陽神はいつも
ゆらゆらと

島の端から上がってきた
村の人々は
細長いその島を
神々の島
と信じている
名前は　く　だ　か
久高島

琉球の始祖神
アマミキョとシネリキョは
最初　久高島に神降りした
やがてアマミキョ神は
たった七歩で沖縄島へ
渡って来た
久高島（一歩）　コマカ島（二歩）

タ（三歩）　マタ（四歩）
アドゥチ島（五歩）　アージ島（六歩）
沖縄島（七歩）の百名海岸
小島や岩礁を踏んで渡り来る
巨大な始祖神よ

少年の私は
朝な夕な久高島を拝み
始祖神の歩幅を計測していた
冬の雲が垂れ下がるある日
私は視た
久高島の上だけが
雲が切れ
黄金の光の柱が
渦巻き　照り輝き

島が浮かび上がっていた
私は震え呟いた
ゑけ　神々の島よ

ネシア・群島

ヒゲを生やした祖父たちは
北半球の珊瑚樹海に浮かぶ
群島の王国から追放された
父や兄たちは　ヒゲを剃り落とし
この王国を滅亡させた
宗主国の兵士となって
半島や大陸に侵略し
戦い　傷つき　死んだ

なんということだ
子ども達が自分自身の
祖先の敗北を裏切っていたのだ
おかげで　亡国の女や子どもたちは
虐殺され　島は破壊され尽くした
敵国軍にも　友軍にも

わずか五十年前の話だ
歴史は栄光よりも苦痛が多いので
忘れよう
と試みてはみるのだが

飛礫と少年

一九七X年の冬は往かず
東海の波は武装のまま白く逆巻き
ゆらめく落日に
慶良間の島々が沈んでいく

埋め立てられた空港ビルの頂上
黒い風見鶏は激しく回転し
北北東の風はただ
ごうごうと音を立てる

テトラポットに破砕された珊瑚礁

飛行機は赤々と燃え
私の眼底から飛び立つ
ススキの群落は痩せた地肌に
へばりつき
槍の葉先の竜舌蘭

誘導灯の並ぶ突堤に
錆びた自転車を止め
二人の痩せた銅色の少年は
さかんに飛礫を投げる
うすくれないの天空へ

赤・青・

　　　赤・青・
　　　　　赤・↓・↓
一点斜線のランプと化し
島へ・島へ・群島へ
Z機は降下し激突する

往かぬか　一九七Y年の冬
　南西航路
　　日本航路
　　　米軍航路
　　　　日軍航路

みお

閉じない環礁の
あちぬー（あけ水脈）から
ニライ・カナイの神々が
渡り来るのを信じている
そんなシマの　御嶽　渚へ
暗闇の中を走る
三十余年も続いている
一家揃っての年越し勉強も終わり
白浜で流木たちを集め　燃やす

悲しみ　怒り　恨み　ねたみ
物欲　自己顕示欲　我がまま　戦世・戦場
一つ　一つ　燃やしていく
火の粉が爆ぜる
日の出を待つ　焚き火の群れ
寒風に身を晒す
雪国の氷点下の友人たちよ
やがて　東の空が
明るくなっていく
ねむたそうな瞳たちが
輝いていく
流れる雲たちを
灰色　朱色　黄金色　に染めながら
海の　おーどー（青渡）の彼方から
初日の出　が昇ってくる

海原をたたき
ゑけ　明けもどろの華よ
私たちは深々と頭を垂れ
一年の精霊力を全身にいただく
みおが　金色に輝き
躍っている

ニライ・カナイ

人の住むところは見えず。荒濱に向きて
すわれり。刳り舟二つ
（『折口信夫全集』第廿一巻）

青い海原に
白い波の花が咲き
赤い珊瑚の花が咲き
光のつぶつぶが
酸素のあわあわに変わり
ニライの海　カナイの海……
ジュゴンが踊り
海亀が舞う

鳥たちが帰る
あの水平線の彼方——
全ての生命が生まれ
エネルギーが放射する
ニライの底　カナイの底……
全ての生命が還る
みんなみの濃藍の海
波の花白く　ゑけ
珊瑚の華赤く　ゑけ

文字

二万四千年前の　人骨が出土する群島で
私は五千年余も　話し継がれてきた
シマ言葉で話していた
太陽はティダで　ユニ（米）　ゥワー（豚）
マヤー（猫）　アーマン（やどかり）
などと呼び合う
私たちのシマクトゥバ（琉球諸語）は
オーストロネシアの
ヒージャー（山羊）汁の臭いがする

文字は無かったので
学校へ行って　一生懸命覚えた
日本から伝わったかなもじ
中国から伝わった漢字
America から習ったローマ字
私の文字は暴れ牛
いつも練習帳の　枡目からはみ出した
新しい言葉や文字に出会うと
未知の世界に目が眩み
未来の世界が大きく拡がる予感に
森の樹液が一斉に噴射した
私は島唄や琉歌の　リズムや比喩を学び
詩を歌い　文字で書き留めた
ひらがな　カタカナ　漢字　ローマ字
混ざり合った　チャンプルーの詩

文字は時々反逆した
それでも私の詩は　ムツカシイと言う
それ　ほんとう?

Ⅱ

もういい

岡本恵徳追悼

鳳凰木の紅い
花が燃えている
八月は残酷な月
ことに暑い　今年の
この暑さを　なんとか
切り抜ければ……　命よ
酸素マスクの中で
あえいでいる

いつも寡黙に
座っていた
会議　集会　シンポジウム
授賞式　出版祝賀会
現実や情況を
見つめ分析するときは
大きな眼を
カッと開いて

私は　そのやさしさに
甘えていなかったか
共にヤポネシアの同じ場所にいる
安心感に　青い水平軸よ
ああ　私は
あなたの小説を

真剣に読んでこなかった
はたして　思想・エッセイは

最期まで
弱音を吐くことも
グチをこぼすことも無かった
激痛に襲われながら
いや　お見舞いに訪れる
一人一人に　ていねいに応え
ドゥシ（親友・同志）や
教え子たちと
文学談議を楽しんだ

あなたほど
自己の内面と闘い

自己と他者に
自立を願い
連帯を祈った人はいない

戦後の残酷なオキナワで
もういいかい
マーダダヨ
ささやいていたのは　誰か
幻の「岡本恵徳シンポジウム」

私に向かって
手を十字に組み
「もういいよ」
それが最後の
言葉となった

さよならは

岡部伊都子追悼

白鳥が一羽　凛として
果てもない青い海原を
飛んでいる

岡部伊都子先生
イッちゃん
「先生というと
　今後付き合わないから」
しかられたので

イッちゃん　ベンちゃん
と呼び合ってきた

出会いは一九九六年
佐喜真美術館での「対談」
私は恐れも知らず
ぶしつけな質問をしたのでは
ああ　「骨沈む道　骨うめく道」の下
『沖縄の骨』よ

あれ以来　何度お会いしたか
もう数えることができない
一緒に行った竹富島　「こぼし文庫」
赤瓦の家　たくさんの図書
白砂の屋敷ごと

竹富島に寄贈した
子どもたちと島々を思う
真剣な志に触れた

一緒に捜し歩いた
「白扇を交換して婚約した」
木村邦夫さんの戦死の場所
南風原町・高津嘉山の陣地壕跡
「私は加害の女です」
摩文仁が丘の平和の礎
ＮＨＫ「消えぬ戦世よ」の白い骨の道
高津嘉山は　今日も雨だよ

私の家で開いた
ささやかな琉球舞踊鑑賞会

その「お返し」にと
賀茂川のほとりの自宅で
また法然院の本堂で
琉球舞踊鑑賞会を主催して下さった

その日は　新暦四月八日　花祭り
お釈迦様の誕生日に
見物した東山の桜は満開で
恐ろしいほど美しかった
　ねがはくは花のしたにて春死なん……
哲学の道の　桜吹雪よ

松並木の続く出雲路のご自宅へは
初めて徐勝さんが案内して下さった
この歳月を経た立派な木造家へ

何名の人々が訪れたのだろう
朝鮮人　琉球人　ハンセン病の方々
荒畑寒村　高銀　麻生伸芳……

沖縄へ来るたびに
パピリオンでの夜が
楽しみであった
海勢頭豊さんたちの伴奏に合わせて
イッちゃんは自分の大好きな歌
乞われて　細い高音で歌った
　白鳥は哀しからずや空の青
　　海のあをにも染まずただよふ
幾山河越えさり行かば寂しさの……

詩人のあなたは

きめ細かく鋭い感受性の筆先から
　反戦と平和
　人権と差別
　人類と環境保護
　朝鮮と琉球への無礼
等々を訴え糾す
美しく厳しい炎の文章を書き続けた
夕鶴のおツウさんが
自分の羽を一本一本ぬいて
美しい布を織り込むように
その著書　一三四冊余
「売ったらあかん」

イッちゃん　岡部先生
「さよなら」という琉球語のない

この群島では
「マブイ（霊魂）は永遠に不滅」
と信じられている
あなたのマブイも
何度も何度も帰って来て
生まれ変わる
凜として　孤独な　白鳥よ

オオゴマダラの蝶々も飛んでいる
だから「さよなら」は言わない
「また　やーさい（また　ね）」
「また　うがなびら（また　会いましょう）」
「にへー　でーびたん（ありがとう）」
イッちゃん

＊特に断りがない限り、「　」や『　』内の多くの言葉は、岡部伊都子の本や発言からの引用です。
西行法師の和歌と若山牧水の短歌を引用しました。

火の遺伝子

玉城文郎追悼

モンローよ
パンの樹の大きな葉先
窓辺に揺れる普天間高校で
あなたと同時代に生き
共に働くことができた
大きな誇りと喜び
あなたは地学　私は化学を教え
私たちは　よく飲み遊び
学び　共に闘った

「スナック　カンブリア」
と愛称した　地学準備室で
他の同僚たちが不思議がるほど
私たちは　無口で静かだった

やー　モンロー
あなたが視せてくれた
最新X線人工衛星が撮影した
太陽の一年間の姿
巨大なガス状　ヘリウム　水素
燃え爆発する火の玉　太陽
宇宙高く　吹き上げ揺れる
プロミネンス
一瞬たりとも同じ姿は無い

モンローよ
貴男から学んだ　たくさんの事
何よりも　人間や弱いものへの
差別を許さなかった
あなたの思想　厳しい倫理と実践
そして静かに
火を視つめることの重要さ
貴男は　うまそうに泡盛を飲み
火の文化遺伝子
とつぶやいた

やーや　モンロー
最期まで自宅でガンと闘い
苦痛や愚痴は一切もらさず
ぼくも死んだら

宇宙の一カケラになるさ
と言い残し
この世から去って逝った

サスイシリ

チカップ美恵子追悼

真夏のウルマ列島[*1]から
真冬のアイヌモシリ[*2]へ
七時間余で　飛んで来た
　ココペリ[*3]　ココペリ
不思議な音が
響いている

冷雨の中
まだ桜が咲いている　五月

遠くの山脈には　雪が残り
静かな白樺林
黒土が潤っている
アイヌモシリよ

四月四日四時四十二分
には起きたくなかった
救急車で運ばれた　あの記憶
せめて五時までは待つ
　ココペリ　ココペリ
さあ　起きよう　四時五十分
アイヌモシリの
カムイたちよ
サスイシリ

白老生まれの娘は
どこへ消えた
いつもベソをかいていた
なぜ小さな湖のほとりに
私を案内して
アイヌ民族の踊りを
見物させたか　みちこよ

札幌Kホテルの枕は固く
何度も目が覚めた
チェックせよ　この世に
君に合う枕はあるのか
サッポロ　サッポロ
川に囲まれた　親子の

島でも岬でも沼でも
大小二つの地形地物が
並んで存在すると
アイヌはそれを親子連れと見て
大きい方をＰｏｒｏ「親の」
小さい方をＰｏｎ「子の」
というのである（知里真志保『地名アイヌ語小辞典』）

マブイ（魂）はすでに
引き寄せられている
イシカリッペ（石狩川）ランラン
ユーパロッペ（夕張川）サリサリ
サッポロ　洪水の多い
初めてのシンポジウム
私は巡礼へ旅立つ　アイヌモシリよ

やがて　楽しかった夏が過ぎ山々が紅葉に彩られると
サスイシリは摩周湖をキャンバスに摩周湖に咲く花を描いた
摩周湖がとびきりごきげんなときに
その姿をリンと表す伝説の虹の花である
この花こそまぎれもなくサスイシリそのもの
サスイシリは美しい虹の妖精だった　（チカップ美恵子「虹の妖精」）

サスイシリ・永遠
アイヌ語がマブイをゆさぶる
サスイシリ　ヌージ[*4]
イーリス[*5]　ティンパウ[*6]
もう泣くな　未知子

ココペリ　ココペリ

野ウサギ　カワウソ　コヨーテ
マルムン[*7]　キジムナー[*8]
トリックスターはいるか
札幌シンポジウム
飛び跳ねよ

＊1　琉球列島の別称。ウルとは珊瑚のこと。
＊2　アイヌ語で人間の住む静かなる大地。その範囲は、現在の北海道から東北、千島列島、サハリンまで広がっていた。
＊3　ネイティブアメリカンの伝説の中の妖精。
＊4　沖縄語で虹のこと。
＊5　ギリシャ語で虹のこと。
＊6　宮古語で虹のこと。天の蛇を意味する。
＊7　沖縄語で間の者のこと。琉球国劇の組踊に登場する。
＊8　沖縄の木の妖精。

タクトを振る男

川満信一へ

その男は　いつも飢えていた
飯や女にも　飢えていたが
何よりも　青白く燃える思想　に飢えていた
霞を喰って生きているのか　痩せ細った男よ
泡盛を飲み　激論を交わして酔っぱらうと
深夜の那覇市の　腐乱物浮かび流れる
ガーブ川沿いを　神里原から　平和通り
新天地市場へ　睦み橋へ　沖映通り
前島へ　河口へ　若狭海岸へ向かって

フラフラ歩くさ迷い人

一人で歩きながら男は
見えない銀色のタクトを持って
オーケストラの指揮をしていた
「ドルチェ」「もっと優しく」
「人民よ決起せよ」「アンダンテ」
長い髪を振り乱し　タクトに合わせて
ときどき寝ぼけボラの小魚が跳ねた
小雨にけぶる深夜の街に向かって
一人タクトを振る男がいる
「目覚めよ人民！　フレモン」
酔った彼には　幻のゲリラ
雪のモスクワの十月　武装蜂起する
ボルシェビキ達が　視えるのか

あるいは　詩人の男は　ベートーベンやモーツアルト
釈迦やイエス・キリスト　マホメットへ向かって
タクトを振っているのかも知れない
たった一人の交響楽団だ

米軍物資の港湾荷役のアルバイトに
明け暮れた貧乏学生時代から
米軍基地建設反対の土地闘争
米兵のカービン銃の尾底板で
したたかに殴られ　蹴散らされても
酔うと奥歯を噛み殺しながら
タクトを振った　「今ぞ日は来たる」
ある晩は　私へ向かって　飲みながら
「何が御嶽か　琉球民族だ　もっと
普遍思想に目覚めよ」と議論をふっかけ　怒った

私が　「仏教より　御嶽信仰だ」
とニヤニヤ笑いながら切り返すと
「おまえは豚だ　俺がマントラ（真言）を唱え
　ここで　おまえを豚に変えてやる」
と言って　視えないタクトを振った
それが　酔いのトバ口の合図だ

黒藍色の海に浮かぶ　やせた赤土のそね島[*1]に生まれ
野犬やサシバ鷹を喰って　少年時代の飢えをしのぎ
リヤカー行商の母の後ろ姿を見て生き
時代が変わって　定年退職しても
人民革命のタクトを振る男よ
いつしか街から歌声やシュプレヒコールは消え
赤旗　青旗　ヘルメットの波が失せても
酔いにまかせ　スナックの　カウンターの

紙ナプキンに　即興の詩を書きなぐりながら
一人　闇夜にタクトを振っている

だが　時代は喘ぎながらようやく
詩人の幻のタクトに追いついてきた
「自立と共生の思想」[*2]の輝くキーワードたちは
人々とマスコミに共有化され
もう誰が言い出したか　不明になっている
それでも男は　酔うと一人で
「何がヘーゲルだ　何がマルクスだ
ナーガールジュナ（龍樹菩薩）はどうした
　宇宙はどうなる」
とブツブツつぶやきながら
真っ赤な鳳凰木咲き乱れる街の
深夜の野良犬たちへ向かって

タクトを振り続ける　吠えろ　野良犬たち
君には　栄光はない　君には　充足がない
君は単独の　詩人で思想家だ
胃袋よりも　もっと深い飢えと渇きの海を
今夜も一人　さ迷い歩く　永劫の普遍思想を求め
タクトを振る男よ

＊1　大洋中にある島の意味で宮古島のこと。
＊2　川満信一『沖縄・自立と共生の思想』（海風社、一九八七年）より

サングラスの男

新川明へ

くば（檳榔）の葉が
ふるふると冷えゆく
大晦日の真夜中
一人闇夜の寒風に吹かれ
サングラスの男を想う

一年を乗り越え
また　生き延びる
年を重ねていく

総毛立つ　祈り

その男は突然
真っ赤に焼けた鉈
となって切り込んできた
「はんふっきろん」「反復帰論」
故郷の島は　叩き割られた

一九六九年　留学先の日本国
静岡県の間借り先　四畳半
ふらつく頭で読み進めた『現代の眼』
沖縄の英雄謝花昇よ
「狂気の謝花をもって
　正気の謝花を撃たしめよ[*1]」

二十代で　理解不可能の
思想とパトスと博識に
出会えたことは　幸いなるかな
一生乗り越えそうもない
白銀の巨峰が聳え立っている

その詩人・思想家は
いつもサングラスをかけている
私が「もっと詩を」　とせがむと
「いや　それは……」
はにかみ　はぐらかす

『反国家の兇区』
『異族と天皇の国家』[*2]
無政府の郷を夢み

いくつかの激しい論争を経て
思想家は詩情あふれる
『新南島風土記』[*3]や
絵本たちを　差し出した

サングラスを外すと
細目でほほえみ
優しい兄貴分になる
本当は　父と息子ほどの
年の差　なのに

大病を患い入院したとき
自ら周りに「ガンだ」と宣告し
生死をさ迷う　大手術を経
闘病を続け　生き延びた

厳しい意志力

それでも趣味は
一人隠れて愛車に乗り
沖縄北部ヤンバルまで
ぶっ飛ばすこと
サングラスをかけて

緑の山脈と珊瑚の青い海を見
思想家・詩人は
何を想っている
少年の石垣島
母子で生き延びた
於母登《おもと》岳の疎開小屋は遠い

内省の厳しさと怒りを
はにかみで隠す
サングラスの男よ
その裏の大きな眼玉で
愚直な島人たちの
生き様と歴史を凝視め　撃ち続ける
一年　また　年

＊1　新川明『反国家の兇区』（社会評論社、一九九六年）より
＊2　新川明『異族と天皇の国家』（二月社、一九七三年）
＊3　新川明『新南島風土記』（岩波現代文庫、二〇〇五年）

宇宙のどこかで

吉増剛造へ

その詩人が　いま日本のどこかにいる　かどうか定かではない
ブラジルやアメリカから　韓国やアイルランドから　インドやフランスから
世界中の行く先々から　詩人は詩やエッセイの　ＦＡＸを送ってくる　割り注
のいっぱい入った　織物のような　手書き原稿のＦＡＸを
その詩やエッセイから　生まれたてのイメージや　詩が立ち上がる瞬間を　読
み取り感受する　頭脳が熱くなる　ゐけ

その詩人は　日本語を意識的に壊す　その容器に　アイヌ語や朝鮮語　琉球語を入れ　新しいイメージを紡ぎ出す　激しい冒険

詩人は　言語のみならず　映像でもイメージを表現する　多重露光の写真　ビデオカメラの　動く映像　見たこともない　植物や風景が　写し出される

肉声が聞こえる　詩人の朗読が始まる　銅板にタガネで　文字を打ち刻んでいる　また時には　サヌカイトの鉱石を叩き　走り　つまずき　どもり　全身が詩行と化す

宇宙のどこかで　詩星雲が爆発している　そのかすかな電磁波を　感受し表現する　銀色の古代天文台のような　一人の詩人

ゑけ　詩星雲・YS・GOZOよ　やぐみ
ゑけ　さらなるイメージの地平を　やぐみ

Ⅲ

あけず舞・はべる舞

高嶺久枝の会へ

君は　イザイホー祭りのとき
イザイ山の御嶽から
白い蝶々が飛んで来て
神女たちと踊っていたの
覚えているかい

古代の人々は
鳥や　蜻蛉や　蝶々たちを
神様や霊魂や精霊の使いと

信じていた
エケ　台風の前ぶれ
空で舞うトンボの群れよ

ノロ神や神女たちは
白装束に　長い黒髪を垂らし
びんぬすぃ（鳳凰）の扇を手に
あけずになり
はべるになり
神々と共に舞い踊る
ハーレイ　あけず舞・はべる舞

鳥や　トンボや　蝶々は
自由に空を飛び
海を渡り　島から島へ

君よ　神女たちの
祈りのように舞い踊れ
エケ　ゑけ
あけず舞　はべる舞

＊琉球諸語で「あけず」は「トンボ」、「はべる」は「蝶」のこと。

うやがんまい（祖神舞）

むかし　はじまりや
まてぃだ　てりかがやき
うつき　さえわたり
あがりの　しおは　いりに　こえ
いりの　なみは　あがりに　こえ
あ　あま　あまん　あまみきょ
し　しね　しねん　しねりきょ
はるか　あま　の　かなたから
にらい　かない　の　あなたから

あしは　しまじまに
あたまは　くものうえ
おおまたで　わたってくる
わずか　ななほで　またいでくる

せのみ　はじまりや
しおみずは　うずまき
たぃふうは　かぜまき
あ　あまん　あまみきょ　あまみちゅ
し　しなん　しねりきょ　しるみちゅ
くだか　くまか　た　また
あるち　ああじ　やはらちかさ
すうぬ　はな　けやり
はまがわの　すでぃみず　あびて

むかし　はじまりや
ひゃんな　から　のぼて
ねくに　から　ぬぶて
みんとぅんゆ　あけて
ぐすく　よや　ひらき

あまん　あまみきょ　うやがん
しねん　しねりきょ　うやがみ
あだん　みゆ　うさぎ
はじち　ちむ　そめて
いでんし　ぬ　なかに
でぃえぬえー　の　かなたに
うやがん　ゆ　まつりて
かみの　ゆ　うがで

むかし　はじまりや
せのみ　はじまりや
あ　あまん　あまみきょ　まい
し　しなん　しねりきょ　おどり
こ　まご　うまが　までも
ちきゅう　うふゆ　いつまでも
みるくゆ　かみのゆ　までも

*「おもろ」からの借用が多々あります。

サルタヒコ

サダル　サルタ　サダル
サルタ　サダル　サルタ
わだつみの水底から
私を呼ぶ者よ
はるか南の海から
私を呼ぶ
あいえー　あわり*1
切り張りされた　記紀
謎だらけの　物語

偽造された　神話
八百万の神々よ　許せ
国津神々よ
ゆるち　くぅみそーれー[*2]
私が　進んで　招き入れたのではない
私が　島々国々を　売るわけはない
だまし　おどされ　あざむかれ　天津神
サルタ　サダル　サルメ
サダル　サルメ　サルタ
わだつみの　水底の　比良夫貝
南海の　うるまの　アジケー
私をまねく　渦潮
あいえーやー　あわり
八百万の神々よ
まささあれ　さやかあれ

私はサダル
ゆるち　くぅみそーれー
まささあれ　さやかあれ
底へ　底へ　底どく御霊
つぶ　つぶ　つぶどく御霊
あわ　あわ　あわさく御霊
サダル　サルタヒコ
サダルサビラ[*3]

＊1　ああ　哀れだ
＊2　許して　ください
＊3　お先になります

魂振り——文化遺伝子よ

高嶺美和子の会へ

二万四千年前の
石垣島白保洞穴遺跡から届いた
人骨のメッセージ　想像せよ
あーあ　と　いーい　の間の生命
あい　うた　が生まれた

君は母の子宮の中で　心音と共に
数々の歌を聴いたという
シタリガ　チョンチョン

ヤー　チョンチョン
跳べ　高平良万歳よ

君は青年団のエイサー追いかけ
一晩中踊り明かした
ことがあるか　想起せよ
お盆の満月の夜　スイッ　スイッ　スイッ
エイヤーサーサー　ハーイヤッ

夜明け前のオン（御嶽）で祈り
神々へ踊りを奉納し
二晩三日踊り明かす
豊年祭　種取祭　毎年　五百年余
ウヤキ（富貴）　ヨーヌ　ユバナウレ
ミルク（弥勒）　ヨーヌ　ユバナウレ

恋心を知ったのは
いつ頃か　アヌンゾ（無蔵）ヨー
愛の喜びも悲しみも
恨めても忍ぶ
歌が魂を振り揺さぶる
ハーイヤー　マッタ

歌え　文化遺伝子よ
踊れ　文化遺伝子よ
全身の細胞のDNAを揺さぶり
島の魂はチムドンドン
ああ　いい　うた
ああ　いい　うどぅい

あんまーゆしぐとぅ（母の諭し事）

琉球諸語

ゆーちきよー
朝夕血ぬ涙落《うとう》ち
哀り暮らちょーてぃん
あんまー　ゆしぐとぅ
ゆう覚《うび》とーきよー
あんにー　かんにー
なんくるないさ

日本語

よく聞けよ
朝夕血の涙を流し
哀れをして暮らしていても
母の諭し事
よく覚えておけよ
ああなり　こうなり
なるようになるさ

あんにーし戦世《いくさゆ》んしぬでぃ
かんにーしアメリカ世ん渡てぃ
あいえー　なー！
見ちゃる世ーどぅ　長さどぅ

死にどぅか苦ちさいねー
あんまー　ゆしぐとぅ
うび出しよー
あんにー　かんにー
なんくるないさ

あのようにして戦争の中をしのぎ
このようにして米軍支配時代も渡り
あいえー　なー！
見てきた時代の方が　長いものだ

死ぬほど苦しい時には
母の諭し事
思い出せよ
ああなり　こうなり
自ずからなるようになるさ

Ⅳ

ザン（じゅごん）よ

北海道では雪が降り
クリスマスツリーも点灯された
十二月
台風二十七号が
ゴーナイ　ゴーナイ
島へ　島へ　近づいて来る
ガイア（地球）はのたうち　怒っている
五十余年の人生で
経験したことのない

十二月の台風

ザンよ
ピンクの美しい肌をしたじゅごんよ
辺野古岬の沖
長島　平島　のまわりで
珊瑚礁を破壊し
おまえや海亀たちを追い散らし
パイプを打ち込み
ヤグラを組んで
ボーリング調査を強行し
軍事空港基地を造ろうとした
我欲・金欲の人間どもは
あわてて逃げた

ザンよ
やさしい人魚とも
アカングヮイユ（赤ん坊魚）とも呼ばれる
おまえたちは　数々の
伝説と共に生きている
テーブル珊瑚に腰を掛け
赤ちゃんを抱いて
乳を飲ませるという人魚
おまえの肉は不老不死の霊薬で
琉球国王　中国皇帝　日本将軍
たちに税納され　献上されたという

でも　彼らはもはや滅亡してしまった
エケ　ザン捕らな　カメ捕らな

おまえたちは
人間どもに捕らえられ
いじめられ　殺されようとするとき
ピヒューイ　ピヒューイ
と親や仲間を呼んで
大津波を起こし
村を全滅　させるそうな
反対にザンを助けた村は
救われ　繁盛したという

ザンよ
辺野古岬のじゅごんよ
今こそ
ピヒューイ　ピヒューイ
と怒り　叫べ

母なる海を埋め立て
おまえたちを殺そうとする
神も自然も恐れぬ
傲慢で我欲・金欲の人間どもを
台風や大津波で
滅ぼしていい
人間　地球　宇宙　を殺していく
人間どもを許してしまうなら
私も共に滅びていい
ピヒューイ　ピヒューイ

山羊料理店

ヒューマニズムを語るには
山羊料理店がふさわしい
火酒の泡盛を飲みながら
山羊肉の刺身を生姜酢醤油で食べ
チーイリチャー（血野菜炒め）を味わい
人の生きる道について考察する

今日も隣のテーブルには
土建会社の一団がいて

青い作業服の社長が
若い職人たちに
人の生き道を
力強く説いている

やっぱし人間というものはだな
家族のために一生懸命
働くのが大切だよ
どんなに苦しくても
自分から進んで
難儀な仕事を引き受け
やっぱし皆から信用されるのが
人間の道というものではないか
ヤラヤー（そうだろう）

若い職人たちは
黙ってうなずき　泡盛をなめ
ヒージャー汁（山羊汁）をすすり
山羊刺身をつまむ
社長に愛人がいるらしいと知りながら
寒風吹きすさぶ表の往来で
がなりたてている
選挙運動の宣伝カー

近ごろの高校や大学では
めったに教えなくなった
人間とは　人生とは
ヒューマニズムとは
場末のヒージャーヤー（山羊料理店）で
熱く議論されている

まんじゅまい

再び切り拓く
クバ笠をかぶり　軍手を着け
銀ネム樹林を倒し
ススキや雑草を刈り払い
ジャングル化した　親ゆずりの畑を
鎌と手斧とノコギリで
取り戻していく
一人黙々と　冬の夕陽に向かって
したたり落ちる汗

かつて松林で　サシバが飛んでいた原野
父が松を倒し　母が蘇鉄を割り
兄が石を砕き　姉がススキを刈り
家族揃って　やっと切り拓いた
やせた赤土の石ころだらけの畑
元の原野に　戻すわけには

ここに　まんじゅまい*を植える
とりあえず　二本
黄金色の太陽に焼かれ
青空を刺して　ぐんぐん伸びていく
まんじゅまい
やがて　両手からあふれる
乳房のような実が
たわわに実る

したたり落ちる　白い乳液
大きな青果のまま　娘にあげる
悩みではなく　まんじゅまいで
乳房も膨らむよう
やがて生まれる
孫たちのために
まんじゅまいよ
たわわに実れ　台風にも敗けず
娘たちの白い乳房から　あふれよ母乳
母たちの乳房へ　たわわに
まんじゅう　まんじゅまい

＊　パパイヤ。沖縄群島では、「まんじゅうい」。宮古群島では、「まんじゅう」。八重山群島では、「まんじゅまい」と呼んでいる。「その実を割った形が女陰に似ているところからの命名とい

う」（宮城信勇『石垣方言辞典』沖縄タイムス社）。「パパインというタンパク質分解酵素を含んでいるため、肉に加えて煮ると、肉がやわらかくなる」（『沖縄大百科事典』沖縄タイムス社）。妊婦にパパイヤを食べさせると、母乳が豊かに出る効果があると信じられている。

ビーチャー

闇を忘れている
海辺の故郷の夜道にも
黄色いナトリウム電灯がともり
暗闇の深さを忘れている
(明るく　もっと明るく)

ハブはどこに隠れているのか
四人の姉たちが
畑や寝室で咬まれたハブ

救急治療室のベッドで
姉のあらわな白い太股

チンチン　チンチン
チンチナー　は鳴かない
闇の深淵で　身を潜めている
夜行性動物チンチナー
ハブの大好物の　おまえは

シマの夜道は怖かった
一メートル先も見えない闇
電気も懐中電灯も無い
足下には長いハブ
老樹の下には幽霊たち
フワフワ飛んでいる

青白い蛍火　人魂

闇夜の路地を
お使いへ行く
醤油を買いに共同売店へ
父の泡盛が切れた
姉夫婦の新居へ
急なうんちけー（ご案内）へ

チンチナーよ　鳴け
おまえが鳴くと
ハブはいないだろう
闇夜の道を
眼をつぶって走る
ビーチャー[*1]よ　先導せよ

チンチン　チンチン
鳴け　ビーチャー

ビーチャーは子煩悩
子どもを連れて歩くとき
母の尻尾を上の子がくわえ
その子の尻尾を次の子がくわえ
次の子の尻尾をその次の子が
ハブよりも長いキャラバン行進
数珠繋ぎになって　移動する
やはり「ビーチャーは子ビーチャー」[*2]

ビーチャーよ　鳴け
お前が貧しい屋敷の中で
チンチン　チンチン　鳴くと

お金がいっぱい入り
お金持ちになるという
チンチン　ヂンヂン（銭々）

いつの頃からか
夏の夜になっても
村の中で　ビーチャーが鳴かない
モグラのように
明るい世界が苦手な
ビーチャーたちは
どこへ行った

故郷のシマ島から
深い闇夜が消え
ビーチャーの姿も消え

暗黒の怖さは薄れたが
深まっていく魂の闇
チンチン　チンチン　チンチナー

＊1　リュウキュウジャコウネズミ（琉球麝香鼠）のこと。幼児語では、その鳴き声から「チンチナー」とも呼ばれている。
＊2　「ビーチャー」とは、自分の子どもを特別視してかわいがったり、えこひいきすること。「ビーチャーは子ビーチャー」という名前は「引く者」という意味もある。子どもどうしのけんかに介入したりして、自分の子どもばかりをひいきし、かばう親は「子ビーチャー」と呼ばれて非難されることもある。

激痛が走るとき

真赤に焼かれた
白金線をジュと押し当てられ
背骨と腰と座骨神経に
激痛が走る
立っても　座っても　寝ても
痛く　だるく
延髄と思考がマヒしてくる
全てを投げ出し
このまま　寝たきり

西表島の山繭になる幻想
に襲われるとき
あの人の体験を思い出す
沖縄戦で左足に貫通銃創
陸軍病院糸数分室から
四つんばいで摩文仁まで逃げ
生きぬいた伊波さん
玉城村から摩文仁村まで
南部へ　約十五km余
「人が一時間で行くところを二日がかり
だった。人がみすてたサトウキビをしゃ
ぶり、芋の切れっぱしをかじった。両足
で動きまわる人がうらやましかったが、
そのためにタマに当たった人もいます*」
途中には山あり川あり

田畑と原野が続くぬかるみ道だ
季節は六月梅雨の頃
どこで寝ることが
できたのだろう
空には爆撃機
海からは艦砲射撃
椎間板ヘルニアに
神経を圧迫され
このまま時代の圧力に
押し潰されるのか
と思いつつ
弾丸と炎と焼けた破片が
飛び散る戦場の中を
逃げ延びるほどの
勇気はないが

激痛が走るとき
あの体験と記憶は
手放すまい
マヒした左脚を
引きずりつつ
四つんばいになっても

＊　伊波清光（宜野湾市嘉数出身）さんの証言。榊原昭二『沖縄・八十四日の戦い』（岩波書店）九四頁より。

海鳴り

電気のない海辺の村
ガス　水道もない
鋭い棘をもつアダンと
黄色い花咲くユウナの
防風林に囲まれ
一九五〇年代　戸数四十二

珊瑚石を三つ固めた
土の竈で飯を炊き

茅葺きの屋根の下
夜は仄暗い
石油ランプの明かりで暮らす

子どもたちは
芋掘りを手伝っては誉められ
山羊の草刈りを忘れて怒られ
親の一言で決まった
この世の真理
父にしかられると
夜になっても
家の中へ入れてもらえず
父に隠れて
母が「トー　イレー（さあ　お入り）」
声をかけてくれた

一日の激しい労働が終わり
納屋に鎌やモッコが吊され
芋が主食の夕餉をすますと
父の下手な三線を聴きながら
早々と薄っぺらな
夜具にくるまった

喜びも　悲しみも
歯ぎしり　かみしめたまま
村は水底へ沈んでいく
沖の珊瑚礁で　波が崩れ
ドドーン　ゴーナイ
ドドーン　ゴーナイ
海鳴りが　哭く頃

ミノムシの眠りにつく

ポセイドーンの神話も知らない
東アジアの水底の村で
夜毎の海鳴りに抱かれて
二度と目覚めないほどの
深い　深い眠りへ落ちていく
ドドーン　ゴーナイ
ゴーナイ　ゴーゴー

台風の朝

高圧線のピアノを震わせ
恐ろしい音楽を
響鳴《とよ》ませながら
台風二十三号バーバラが
島へ　島へ　近づいている

木の葉は悲鳴を上げて千切れ
パパイヤやバナナの木が
裂けて倒れていく

砂糖キビ畑は
ススキの原野のようにのたうち
雨雲は島々を襲い
左回りに渦を巻いている

ガタガタ鳴る
釘付けされた雨戸
うつら　うつら　暗闇の中
農夫は毛布にくるまって
一日中寝ている
台風の真昼

いや　眠っているのではない
老父は畑の作物たちと
一緒にのたうちまわっている

イモの葉っぱが
飛び散るたびに
父の皮膚はヒリヒリ痛む
砂糖キビが東から西へ
倒され　折れるたび
父は寝返りを打って
くの字に　うずくまる

老父の頭の中では
これから冬へ向かって
どのイモ畑から順に
食いつないでいくか
何トンの被害になるのか
砂糖キビの収穫は
化学肥料代金はどうする

計算の数字が渦巻いている

台風が北へ向かって進み
風向きが変わり
ケーシカジ（返し風）が
強烈に吹き暴れ
砂糖キビが再び
西から東へ倒され折れるとき
父はかすかに
うめき声を上げる
裏庭のシークヮーサー（九年母）の
青い実が落下する

やっと夜が明け
潮焼けの赤茶の島に

カジフチ・アーケージュー（台風・蜻蛉）

や迷い蝶が乱れ飛ぶ朝
深い深い夢を見る
二度と帰らない
老父の夢

あとがき

十年ぶりの詩集である。第九詩集『ガマ』（二〇〇九年、思潮社）を出版してから十余年が経った。

この十年間には、様々な出来事があった。まず、何よりも長年の高校教諭を定年退職した。病気もしたし、大事な親友とも死別した。苦しいことが多かった気がする。

それでも、文学表現活動だけはコツコツと続けてきた。二〇一一年には、第四評論集『魂振り――琉球文化・芸術論』（未來社）を上梓した。また、二〇一五年には第五評論集『言振り――琉球弧からの詩・文学論』（同）を出版することができた。幸い、これらの評論集は好評をいただいた。

私の出版活動は、評論・散文に傾きがちだったと言えよう。しかし、詩も持続して発表してきた。同人誌「ＫＡＮＡ」と「現代詩手帖」が、主な発表の場であった。

今回、この十年間の詩作品の中から選抜をして『群島から』を編んだ。『群島から』は直接的には、奄美群島、沖縄群島、宮古群島、八重山群島から成る「琉球弧から」を象徴させている。

ただし、願わくはそのイメージは日本列島まで拡がって欲しい。周知のように、島尾敏雄は日本列島を「ヤポネシア」という美しくも重要な群島として表現した。

『群島から』は、私にとって第十冊目の詩集である。これまで、『サンパギータ』、『絶対零度の近く』、『ガマ』と、思潮社から詩集を上梓させていただいた。そして、今回も思潮社の一冊に加えていただく。

しかも、題字は長年の御親交に甘えて、吉増剛造氏にお願いした。言うまでもなく、吉増氏の題字は一つの芸術である。装幀も、親交が長い毛利一枝氏に依頼した。毛利氏には、詩集『越える』の装幀でもお世話になった。

やっと『群島から』の出版までに、高木真史氏には多大なお世話をいただいた。超多忙の中の時間を割いて編集を進めて下さった。これらの方々をはじめ、私を支え御協力いただいた皆さまに、心から感謝申し上げます。スディガフー　デービル（ありがとうございます）。

二〇二〇年四月四日

高良勉

初出一覧

Ⅰ

奄美断唱	「ＫＡＮＡ」14号・2007年８月
喜界島望唱	「ＫＡＮＡ」14号・2007年８月
里之子墓	「ＫＡＮＡ」９号・2003年８月
神々の島	「ＫＡＮＡ」24号・2017年７月
ネシア・群島	『資料・現代の詩2001』角川書店、2001年４月
飛礫と少年	「ＫＡＮＡ」17号・2009年10月
みお	「琉球新報」2004年１月１日
ニライ・カナイ	「法政文芸」14号・2018年７月
文字	「東京新聞」2012年６月23日

Ⅱ

もういい	「ＫＡＮＡ」15号・2008年３月
さよならは	「ＫＡＮＡ」17号・2009年10月
火の遺伝子	「現代詩手帖」2013年６月号
サスイシリ	「ＫＡＮＡ」11号・2005年８月
タクトを振る男	「ＫＡＮＡ」18号・2010年９月
サングラスの男	「ＫＡＮＡ」19号・2011年５月
宇宙のどこかで	「現代詩手帖」2016年７月号

Ⅲ

あけず舞・はべる舞	『あけず舞・はべる舞』2002年11月
うやがんまい（祖神舞）	『琉球芸能の源流を探る』2009年12月
サルタヒコ	『あらはれ』2005年10月
魂振り――文化遺伝子よ	『第１回高嶺美和子の会』2011年12月
あんまーゆしぐとぅ（母の諭し事）	「ＫＡＮＡ」22号・2015年１月

Ⅳ

ザン（じゅごん）よ	「ＫＡＮＡ」11号・2005年８月
山羊料理店	「ＫＡＮＡ」14号・2007年８月
まんじゅまい	「現代詩手帖」2010年８月号
ビーチャー	「ＫＡＮＡ」20号・2011年12月
激痛が走るとき	『沖縄文芸年鑑』2008年１月
海鳴り	「ＫＡＮＡ」12号・2006年９月
台風の朝	「ＫＡＮＡ」12号・2006年９月

群島《ぐんとう》から

著　者　高良勉《たからべん》

発行者　小田久郎

発行所　株式会社思潮社

〒一六二―〇八四二　東京都新宿区市谷砂土原町三―十五
電話〇三（三二六七）八一五三（営業）・八一四一（編集）
ＦＡＸ〇三（三二六七）八一四二

印刷所　三報社印刷株式会社

発行日　二〇一〇年九月一日